劉師培講述

漢魏六朝專家文研究

中華書局印行

漢魏六朝專家文研究，爲劉申叔先生晚年講稿，由羅常培先生筆記。此書析論精微，每發一義，啓示無窮。錢玄同先生編輯遺書時，未及收入。玆承香港寰球文化服務社　惠贈原書一冊，爰卽排版付印，以廣流傳。

中華民國五十八年八月臺灣中華書局

弁言

——左盦文論之四——

儀徵劉申叔先生遺說

曩年肄業北大、從儀徵劉申叔師（師培）研治文學，不賢識小，輒記錄口義，以備遺忘。間有缺漏，則從同學天津董子如（威）兄抄補。兩年之所得，計有：一、羣經諸子，二、中古文學史，三、文心雕龍及文選，四、漢魏六朝專家文研究四種。日積月累，遂亦裒然成帙。惟二十年以來，奔走四方，未暇理董；復以興趣別屬，此調久已不彈。友人知有斯稿者，每從而索閱；二十五年秋，錢玄同師爲南桂馨氏輯刻左盦叢書亦擬以此入錄，終以修訂有待，未即付刊。非敢敝帚自珍，實恐示人以璞，及避地南來，此稿攜置行篋，朋輩復頻勗我訂正問世。乃抽暇謄正，公諸世人，用以紀念劉錢兩先生及亡友董子如兄，且以質正於並時之治中國文學者。

三十年三月三日識於昆明岡頭村北大公舍

漢魏六朝專家文研究目錄

一　緒論

自兩漢以迄唐初，文學斷代，可分六期：

一、兩漢　此期可重分爲東西兩期；東漢復可分爲建安及建安以前兩期。

二、魏　此期可專治建安七子之文，亦可專治王弼何晏之文。

三、晉宋　此期可合爲一，亦可分而爲二。

四、齊梁

五、梁陳　梁武帝大同以前與齊同。大同以後與陳同，故可分隸兩期。

六、隋及初唐　初唐風格，與隋不異，故可合爲一期。

此六期中專門名家甚多，其選擇標準，或以某家文章傳於今者獨多；或以某家文章於文學流變上關係綦鉅。其在兩漢，則司馬遷史記及班固漢書而外，蔡中郎邕曹子建植均有專集傳世，可供研誦。魏代王輔嗣弼何平叔晏兩家之文，傳於今者獨少，而校練名理，實爲晉宋先聲。亦可選修，藉覘異采。降及晉世，潘岳陸機特秀。士衡文備各體，示法甚多；安仁鋒發韻流，哀誄鍾美。二子而外，兩晉文集，流傳蓋寡。爰逮宋氏，顏延之謝靈運騰聲。次則沈約宋書，叙論擅奇；范曄後漢，獨軼前作。傅亮任昉、書記翩翩；徐陵庾信，競逐豔藻，斯並當代之逸才，後昆之楷式也。隋迄初唐，習尚未改。扇徐庾之餘韻，標四傑（王勃、楊烱、盧照鄰、駱賓王。）之新聲；雖亦綺錯紛披，而江左之氣骨猶在。嘗謂五代以前文多相同，五代以後，乖違乃甚。故治中古文學者非特可效四傑，即蘇頲、張說、韓昌黎、李義山之流，亦未嘗不可研覽。然自漢迄唐，可提出研究者甚多，而治一家者固不能不旁及，（如任沈可合觀，徐庾可合觀，又研究陸士衡可溯及蔡中郎之類。）治一代者亦不能不遍觀：治一家宜擷其特長。（如蔡中郎之碑銘，迥非並時文人所及。）治一代貴得其會通。（各期之間變遷甚多同在一代每有相同之點。）抉擇去取，要須以各人之體性才略爲斷耳。此期之參考書，以嚴可均所輯全上古三代秦漢三國六朝文（省稱全文）最便學者。此書於隋以前文，裒集略偏，除史傳序贊外，百遺二三。且斷代爲書，覽誦甚易。故凡專治一代者固不可少此書，即治未有專集之各家者，亦應以此書爲本。

文章之用有三：一在辯理，一在論事，一在叙事，文章之體亦有三：一爲詩賦以外之韻文、碑銘、箴頌、贊誄是也；一爲析理議事之文，論說辨議是也；一爲據事直書之文，記傳行狀是也。三類之外又有所謂「序」者，實即贊之一種。蓋古文序贊不分，後漢書之論卽爲前漢書之贊，論贊之用，並與序同。孔子贊易，乃著繫辭，是作序有韻，亦非無本。自隋以降，序與記傳無別，據事直書，已失涵蓄之旨。唐宋而後，更於序中發抒議論，則又混入論說。其體裁訛變，正與後代混碑銘於傳狀，且復參加議論者，同一不足爲訓：此研究專家文體所以斷自五代以前也。然六朝以上文體亦有譌誤者；如文選中王子淵聖主得賢臣頌，據漢書王褒傳考之，本爲「對」體，與東方朔化民有道對之類相同，自來未有無韻而可稱頌者。後世因文選之誤，而謂頌可無韻，誠不免展轉傳訛矣。

文章之體既明，然後各就性之所近先決定所欲研究之文體，次擇定擅長此體之專家，取法得宜，進益必速，故不可不愼也。大抵析理議禮之文，應以魏晉以迄齊梁爲法。若嵇康持論。辨極精微，賀循訂制，疑難立解：（魏晉以來之議禮文字杜佑通典所收者甚多）並能陵轢前代，垂範將來。論事之文應以兩漢之敷暢爲法，而魏晉之局面廓張，亦堪楷式，敍事之文（包括紀傳行狀而言）應以史漢爲宗，范曄沈約蓋其次選。諸史而外，則水經注洛陽伽藍記之類固可旁及，卽唐宋八家亦不可偏廢；此就文章之用言也。若以文體而論，則箴銘、頌贊，蔡中郎陸士衡並臻上選，欲求辭旨文雅，亦可參效任昉沈約徐陵庾信。至於兼長碑銘箴頌贊誄說辨議諸體者，惟曹子建陸士衡二人。任彥昇則短於碑銘箴頌贊誄；庾子山則短於論說辨議。天賦所限，不可強求。且一類之中，亦有輕重：士衡筆壯，故長於碑銘；安仁情深，故善爲哀誄。要宜各就性之所近，專攻一家。「用志不分，乃凝於神。」汪容甫中爲清代名家，而繹其所取法者，亦祇三國志、後漢書、沈約、任昉四家而已。

詞例亦爲專門之學，若能應用俞樾古書疑義舉例之法，推之於漢魏六朝文學，則於當時用字造句之例。必有摋獲，亦鉅業也。

二　各家總論

史記及前後漢書今並存在，研究司馬遷班固范曄三家者，可資探討。漢書太初以前之紀傳，多與史記相同，然同敘一事用字之繁簡各異。例如漢書陳勝列傳刪削史記陳涉世家之處甚多，而「言皆精鍊，事甚賅密。」宜究其刪削之故，以悟敘事之法。史記一書，班固謂其「據左氏國語，采世本戰國策，述楚漢春秋，」亦可以此法參究之。就字句論，漢書省，而史記繁。衡以劉知幾所謂「敘事之工者，以簡要爲主，」則二書之優劣判矣。由此可悟，凡作紀傳之文，但就行狀本事，晦者明之，繁者簡之而已。又自魏晉以來，作後漢書者甚多。范曄之書，不過因前人成業，重加纂訂。然以漢學堂叢書子史鉤沈中所輯諸家後漢書佚文，及汪文臺所輯七家後漢書，與之相較，其不同處，一在用字之簡繁，一在行文之簡繁。故同敘一事，而得失自見。亦猶參較左傳事實，而後春秋之筆削可見；參較裴松之三國志注，而後陳壽之筆削可見也。推此可知，記事之文，第一，應看其繁簡得法；第二，應看其文簡事賅；第三，應看其字傳事之妥帖。後世史書所以不及前四史者，即由其「章句不節，言詞莫限；」而新唐書及新五代史所以差勝舊作者，即以其知尚簡之義而已。

三家之文，風格不同，而皆有獨到處。史記以空靈勝，漢書以詳實勝，後漢書以精雅勝。子長行文之妙，在於文意蘊藉，傳神言外，如封禪平準兩書，據事鋪敍，不著貶詞，而用數字提空，抑揚自見，此最宜注意處。明歸熙甫以降，論文多推崇史記者，蓋以此也。漢書用筆茂密，故提空處少，而平實處多。至於後漢書記事，無一段不雅，此可以蔚宗以前各家之書推較而知也。

司馬遷之文以史記為其菁華，此外流傳殆鮮。班固之文，於漢書外，篇章甚多。范曄之文，於後漢書外，惟本傳尚存數篇，而後漢書之傳論序贊實其得意之作。舉其佳構：則江革傳序，黨錮傳序，左雄傳論，皆可研誦。尤以黨錮傳序，夾序夾議，敍事即在議論之中，議論又即在敍事之中，且能「抽其芬芳，振其金石，」字句聲律、並臻佳妙。導齊梁之先路，樹後世之楷模也，宜蔚宗自詡為「天下之奇作」矣。（以上合論司馬遷班固范曄三家）。

漢文氣味，最為難學，祇能浸潤自得，未可模擬而致。至於蔡中郎所為碑銘，序文以氣舉詞，變調多方；銘詞氣韻光彩，音節和雅：（如楊公碑等音節均甚和雅）在東漢文人中尤為傑出，固不僅文字淵懿，融鑄經誥已也。且如楊公碑陳太丘碑等，各有數篇，而體裁結構，各不相同，於此可悟一題數作之法。又碑銘敘事與記傳殊，若以後漢書楊秉楊賜郭泰陳實等本傳與蔡中郎所作碑銘相較，則傳實碑虛，作法迥異。於此可悟作碑與修史不同。清李申耆養二齋文集，雖雜不成家，而有數篇撫擬伯喈，略得梗概，可參閱之。（以上論蔡邕）

研究漢人之文，每難確指其得失，及其淵源所自，而研究陸士衡文則觀其與弟士龍論文書，即可瞭然其文章之得失：及其取法蔡邕，兼采曹植王粲之迹。大抵陸文之特色，一在鍊句，一在提空。今人評騭士衡之得失，每推崇其鍊句布采，不知陸文最精彩處，實在長篇大文中能有提空之語。蓋平時之文易於板滯，陸文最平實而能生動者，即由有警策語爲之提空也。（如豪士賦序弔魏武帝文序之類）做研究陸文應由平實入手，而參以提空之法，否則雖酷肖士衡，亦祇得其下乘而已。又長篇之文最易散漫，研究陸文者，宜看其首尾貫串及段落分明處，至鍊句布采，猶其餘事也。其記事之文傳於今者甚少。（以上論陸機）

嵇叔夜文，今有專集傳世。集中雖亦有賦箴等體，而以論爲最多，亦以論爲最勝，誠屬前無古人，後無來者，研究嵇文者自當專攻乎此。觀其養生論，聲無哀樂論等篇，持論連貫，條理秩然，非特文自彼作，意亦由其自剏。其獨到之處一在條理分明，二在用心細密，三在首尾相應。果能得其胎息，則文無往而不達，理雖深而可顯。然自魏晉以降，惟顧歡夷夏論、張融門律之類，尚能承其矩矱，後世不善持論，每以理與文爲二事，做說理之文遂成語錄。邇者哲學昌明，思想解放，儻能紹嵇生之絕緒，開說理之新涂，實文士之勝業也。（以上論嵇康）

傅季友與任彥昇實爲一派。任出於傅，梁書已有明文。（案梁書任昉傳云：「王儉每見昉文，必三復殷勤，以爲當時無輩，」曰：「自傅季友以來，始復見於任子。」又云：「昉尤長載筆，頗慕傅亮，才思無窮。」）二子之文有韻者甚少，其無韻之文最足取法者，在無不達之辭，無不盡之意，行文固近四六，而詞令婉轉輕重得宜。黃祖稱禰衡之文云：「此正如祖意，如祖心中所欲言，」傅任之作，亦克當此。且其文章隱秀，用典入化，做能活而不滯，毫無痕跡；潛氣內轉，句句貫通：此所謂用典而不用於典者也。今人但稱其典雅平實，實不足以盡之。大抵研究此類文章首重氣韻，浸潤既久自可得其風姿。至其詞令雋妙，蓋得力於左傳國語，宜探其淵源，以究其修辭之術。案傅任所作，均以教令書札爲多，惟以用典入化，造句自然，故迥非其他應酬文字所能及耳。清汪中述學頗得傅任隱秀之致，宜參閱之。（以上論傅亮任昉）

六朝文之傳於今者，以沈休文爲最多，而宋書實其大宗也。宋書爲三國志以下最古之史，敍事論斷，並有可觀。其紀傳敍論亦能夾敍夾議，各有警策。蔚宗而後，此實稱最。至其辨理之文，（如難神滅論等）源出嵇康，在齊梁之時，固足成家，而以參用藻采，不免浮泛，故與其法沈。無寧宗嵇，其表啓作法，與任昉同，特不及彥昇之自然耳。（以上論沈約）

庾子山文雖遜於前述諸家，然亦有可研究者，大抵六朝時人，皆能作四六文，工對仗，善用典；而徐陵庾信所以超出流俗者，情文相生，一也；次序謹嚴，二也；篇有勁氣，三也。故普通四六，文盡意止，而徐庾所作，有餘不盡。且庾文雖富色澤，而勁氣貫中，力足舉詞，條理完密，絕非敷衍成篇。（如哀江南賦等長篇用典雖多，而勁氣足以舉之。）以視當時普通文章，殆不可同日語矣。有清一代學徐庾者，惟陳其年維崧可望其肩背，宜參閱之。（以上論庾信）

三　學文四忌

無論研究何家，皆有易犯之通病，舉所宜忌，約有四端：

第一、文章最忌奇僻　凡學爲文章，宜自平正通達處入手，務求高古，反失本色。如明之前後七子，李夢陽王弇洲輩，爲文遠擬典謨，近襲秦漢。斑駁陸離，雖炫惑於俗目；而鈎章棘句，實乖違於正宗。宜極力戒除，以免流於奇僻。且臨文用字，亦當相體而施；賦主敷采，不避麗言，奇字聯翩，未爲乖體；（如三都兩京子虛上林諸篇古字甚多，降至木華海賦之類用典益爲冷僻，然以並屬辭賦，故尚未可厚非，若易爲誄頌，則乖謬矣。）符命封禪，貴揚王庥，詭言遯辭，可兼神怪：（如司馬相如封禪揚雄劇秦美新班固典引之類），自茲而外，無論無韻之論說奏啓，有韻之贊碑頌銘，儻用古字以鳴高，轉令氣滯而光晦：蔡、班、陸、范曄諸家，未嘗出此也。故揚雄手著訓纂，邃於小學，雖太玄法言竊擬經傳，甘泉羽臘，侈陳僻詞，而箴頌奏疏，鮮復類此；而初學爲文，可以知所法矣。若必擬典謨以矜奇，用古字以立異，無異投毛血於殽核之內，綴皮葉於衣袂之中；即使臻極，亦祇前後七子之續而已！然奇僻者，非鍾鍊之謂也。試讀蔡中郎陸士衡范蔚宗三家之文，何嘗不千鍾百鍊，字斟句酌，而用字平易，清新相接，豈有艱澀費解之弊？是知鍾鍊與奇僻，未可混而言之。又史記一書，示法甚多。而其文調，不盡可襲。如因擬其成調，以致文義不通，則貌爲高古，反貽畫虎不成之誚：其弊亦與奇僻等耳。

第二、文章最忌駁雜　所謂駁雜，有文體駁雜，用典駁雜，字句駁雜之殊。大抵古人能成家，必有專主：無所專主，必致駁雜。故學爲文章者，或主漢魏，或主六朝，或主唐宋，如能純而不駁，皆克有所成就，若一篇之中忽而秦漢，忽而六朝，紛然雜出，文不成體，有如僧衣百結，雖錦不珍；衞文大布，反爲樸茂：此文體不可駁雜一也。數典用事，須稱其文，前後雜出，即爲乖體！故碑銘之類，體尚嚴重，鎔經鑄史，乃克堂皇，如參宋明雜書，於文即爲不稱；此用典不可駁雜二也。（專學六朝或唐宋之文者參用後世典故猶不爲病）章有雜句，足爲篇疵；句參雜字，適成句累。故用字宅句，亦貴單純，必須翦裁駁雜，辭采始能調和；此字句不可駁雜三也。綜玆三患，體純爲難，前人雖有融合各體自成一家者，然於各體之中，亦必有所側重，否則難免流於駁雜矣。

第三、文章最忌浮泛　凡學爲文章，無論有韻無韻，皆宜力避浮泛。浮泛者，文溢於意，詞不切題之謂也。自漢魏以迄晉宋，文章雖有優劣，而絕少夸浮。及齊梁競尙藻采，浮詞因以日滋，下逮李唐，益爲加厲。試觀史記及前後漢書，紀傳旣不浮泛，論贊尤少盈辭。如後漢書中黨錮逸民江革左雄王衍仲長統諸序論，句各有意，絕無溢詞。蔡伯喈陸士衡輩，雖在長篇，亦能以文副意。（如陸機五等論辨亡論等篇幅雖長，而無敷衍文辭，不與題旨相應之句，故能華而不浮，後人爲之，不能稱是矣。）齊梁以降，則文章浮泛與否，因作家之造詣殊，若任昉庾信，一代名家，其行文遣詞，鮮溢題外；而湘東草檄，非關序賊，文多夸浮，賢者不免：（南史蕭賁傳湘東王爲檄賁，讀至賁師南望無復儲胥露寒，河陽北臨或有窮廬氈帳，乃曰聖製此句非無過似，如體自朝廷非關序賊王大怒，此文多溢詞之證。）自鄶以下，益可知矣。至於晚唐四六，遠遜梁陳，而李義山所以獨軼羣倫者，亦以其免於浮泛耳。是知名家與非名家之別，繫於浮泛與不浮泛者至鉅。然浮泛者，非馳騁之所謂也。語不離宗，馳騁無害；文溢於意，浮泛斯成。范蔚宗云：「常謂情志所託，故當以意爲主，以文傳意，以意爲主，則其旨自見，以文傳意，則其詞不流。」妙達此旨，殆可免於浮泛之弊矣。

第四、文章最忌繁冗　文章與語言之異，卽在能歛繁就簡，以少傳多，故初學爲文，首宜戒除繁冗試觀史記漢書，非特記事之文言簡事賅，卽論贊之類，亦並意繁詞鍊。如史記五帝本紀贊及孔子世家贊皆寥寥數十字，而含意十餘層，若盡舉其意，衍爲白話，再即白話譯爲文言，則文之繁蕪，奚啻倍蓰？至於漢書字句，尤較史記精鍊，凡史記中有可省者，漢書並爲刪削，試以史記項羽本紀陳涉世家與漢書項籍陳勝兩傳對較，則可知其繁簡之異矣。惟斂繁就簡之術，非皆下筆自成，實由錘鍊而致。如作記事之文。初藁但求盡賅事實，而後視全篇有無可刪之章，每章有無可節之句，每句有無可省之字；必使篇無閒章。章無贅句，句無冗字；乃極簡鍊之能事。推之有韻或四六之文，亦當文當文簡意賅，不貴詞蕪無當。試觀蔡伯喈所作碑銘，凡兩句可包者，絕不衍爲四句，使齊梁人爲之，即不能如此，然文之有關開合者，刪之則氣促。詞之堪作警策者，刪之則氣薄；既與冗贅不同，即當不予翦截；斯則神而明之存乎其人矣。至於嵇叔夜之聲無哀樂論及宅無吉凶攝生論，析理綿密，立意深刻；陸士衡之五等論及辨亡論，或記典制因革，或溯歷代亂源；皆因意富而篇長，不由詞蕪而文冗，使出沈休文任彥昇手，篇幅尤當倍之，若此之類，蓋與繁冗異致矣。

綜此四端，胥爲厲禁，初學爲文，宜詳審之。

四　論謀篇之術

劉彥和云：「夫人之立言，因字而生句，積句而成章，積章而成篇。篇之彪炳，章無疵也；章之明靡，句無玷也；句之淸英，字不妄也。」此謂立言次第須先字句而後篇章；而臨文構思，則宜先篇章而後字句。蓋文章構成，須歷命意、謀篇、用筆、選詞、鍊句五級。必先樹意以定篇，始可安章而宅句。若術不素定，而委心逐辭，異端叢至，駢贅必多！故無論研究何家之文，首當探其謀篇之術。謀篇者，先定格局之謂也。以史記漢書言之：史記蕭曹列傳歷敍生平，首尾完具；孟荀列傳藉二子以敍當時之人；管晏列傳但載其逸文逸事，凡見於二子之書者皆屛而不敍；至於伯夷列傳幾全爲議論，事實更少：夫同爲列傳，而體變多方，設非先定篇法，豈能有若許格局？是知文章取材，實由謀篇而異；非因材料殊異，而後文章不同也。漢書王吉貢禹列傳以四皓事敍入篇中，與史記孟荀列傳之例正同，作史貫串之法，於此可見。又五行志記載京房董仲舒之言，於其學術思想，可窺厓略：是讀史非特有關敍事，抑且有裨考據矣。再就蔡中郎之文論之，其所爲碑銘，往往一人數篇而篇法各異。（如楊公碑胡公碑陳太丘碑等皆然）如陳太丘碑共有三篇：一篇但發議論，不叙事實；兩篇同叙事實，而一詳生前，一詳死後，使非謀篇在前，安能選材各異？世謂碑銘之文千篇一律，惟修辭有工拙者，豈其然乎？是知作文之法，因意謀篇者其勢順。由篇生意者其勢逆；名家作文，往往盡屏常言，自具杼柚，卽由謀篇在先，故能馭詞得體耳！陸士衡文可就辨亡論以考其謀篇之術。此論上下兩篇，意思相連，而重要結論皆在下篇末段，蓋必先定主旨篇法，而後將事實塡入：此所謂先案後斷法也。任彥昇所爲章表，代筆甚多：然或因所代不同，而口氣異致；或因一人數表，而前後殊途：並由謀篇在先，始能各不相犯。推此可知，六朝人所作章表貴在立言得體，而不在騈羅事實，不肯割愛，轉爲文累。卽如史記之管晏伯夷等傳所以篇法奇特不落恒蹊，亦以其捐棄事實，肯於割愛而已。然文章亦有不能割愛者，如嵇叔夜之聲無哀樂論等，彌綸羣言，研精一理，必使心與理合，彌縫莫見其隙；辭共心密，敵人不知所乘。儻不考慮周詳，難免授人以柄。自此而外，作碑銘者，如欲歷數生平，宏纖畢備，論事理者，如欲臚陳往跡，小大不遺，必至繁蕪冗長，生氣奄奄；此並不知謀篇之術，而吝於割愛者也。至於庾子山文，亦知謀篇之法。如哀江南賦先叙其家世，而後由梁之太平，叙及梁之衰亂，層次分明，秩然不紊。必當先定格局，而後選詞屬文，始能篇幅甚長，而不傷於繁冗。故無論研究何家之文，均須就命意、謀篇、用筆、選詞、鍊句五項，依次求之，謀篇既定。段落卽分。大抵文之有反正者，卽以反正爲段落；無反正者，卽以次序爲段落。（如論說之類有反正兩面，碑銘卽無反正，頌不獨無反正，且無比喻，匡衡劉向之文以正面太少，故用比喻甚多。）模擬古人之文，能研究其結構、段落、用筆者，始可得其氣味；能瞭解其轉折之妙者，文氣自異凡庸。若徒致力於造句鍊字之微，多見其捨本逐末而已矣。

五　論文章之轉折與貫串

古人文章之轉折最應研究，第在魏晉前後其法卽不相同。大抵魏晉以後之文，凡兩段相接處皆有轉折之迹可尋，而漢人之文，不論有韻無韻，皆能轉折自然，不著痕迹。試觀蔡邕所作碑銘，序文頭緒雖繁，而不分段落事蹟自明；銘詞通體四言，而不改句法轉折自具。例如，胡公碑以「七被三事，再作特進」八字消納胡廣屢次之黜陟（四部備要據海原閣校刊本蔡中郎集卷四頁六，嚴可均輯全後漢文卷七十六，頁四），范史雲碑以「用行思忠，舍藏思固」八字賅括范丹一生之出處（本集卷二百十五，全後漢文卷七十七，頁八）。而各篇序文亦並能硬轉直接，毫不着力。此固非伯喈所獨擅，卽普通漢碑亦莫不然。使後人爲之，不用虛字則不能轉折（如事之較後者必用「旣而」「然後」，另起一段者必用「若夫」之類）。不分段落則不能清晰未有能如漢人之一氣呵成，轉折自如者也。

史記漢書之所以高出後代史官者，亦在善於轉折。自晉書以下，欲於一傳之內敘述數事，非加浮詞則文義不接；非分段落則層次不明；故其轉折之處頗着痕迹。其在史記漢書，則雖敘兩事而文筆可相鉤連，不分段落而界劃不至漫滅：此其所以可貴也。例如，史記封禪河渠二書，自三代敘至秦漢，歷年甚久，引據之書亦非一類（封禪書參用羣經及管子封禪篇，河渠書用禹貢及雜書），而各能一爐並冶，自然融和。又如五帝本紀及夏殷周本紀多用尚書，但或採書序古文說，或採當時博士說；或逕襲原文，或以訓詁字易本字；而儼然抄自一書，不嫌駁雜。又如，趙世家多用左傳，但記程嬰公孫杵臼立趙後，及趙簡子夢之帝所射熊羆事，卽不見於左傳國語，而能貫成一氣，如天衣無縫。此並史記善於轉折處也。

漢書武帝以前之紀傳十九與史記同，但其不見於史記者，轉折亦自可法。如賈誼之治安策原散見於賈子新書，而前後次序與此逈異，經孟堅刪併貫串，組織成篇，卽能一脈相承，毫不牽強。又如董仲舒傳對江都王語原見於春秋繁露「對膠西王越大夫不得爲仁」篇，雖顚倒錯綜，繁簡異致，而能前後融貫，不見斧斵痕迹。推此可知，漢書刪節當時之文必甚多，特以原文散佚已久，而孟堅又精於轉折，故難考見耳。

至於後漢書列傳中所載各家奏議論事之文，大都經范蔚宗潤飾改刪。試與袁宏後漢紀相較，則范氏或刪改其字句，或顚倒其次序、草創潤色前後不同，轉折之法於焉可見。例如蔡中郎集有與何進薦邊讓書（本集卷八，全後漢文卷七十三），後漢書採入文苑邊讓傳（後漢書卷一百十下），但錘鍊字句，裁約頗多，以其始終貫串，轉折無迹，如不對照原作。卽毫不覺其有所改刪：此最堪後學玩味者也。

然自魏晉以後，文章之轉折，雖名手如陸士衡亦輒用虛字以明層次。降及庾信迹象益顯。其善用轉筆者，范蔚宗外當推傅季友任彥昇兩家，兩君所作章表詔令之類；無不頭緒淸晰，層次謹嚴，但以其潛氣內轉，殊難劃明何處爲一段，何處轉進一層，蓋不僅用典入化，卽章段亦入化矣。至於其他六朝人之文章，如顏延年曲水詩序，陸佐公新刻漏銘之類，段落皆甚顯明，卽不能稱是，凡作排偶文章，於轉折處之兩聯往往以上聯結前，下聯啓後。此雖非轉折之上乘，但勉強差可。若每段必加虛字，或一篇分成數段(如作壽序分爲幼年中年晚年之類)，不能貫成一氣，則品斯下矣。淸代常州駢文甚爲發達，而每篇常用數字分段，此卽才力不足之徵。卽用虛字過多亦爲古人所無。蓋文章固應有段落，而篇篇皆可劃出卽不甚佳。如史記漢書前後相接之處如藕斷絲連，若絕若續。後人所劃之段落未必盡然。他如蔡中郞傳季友任彥昇各家文章之段落亦皆不易截然劃分者也。

文章貫串之法甚難。所謂貫串者，例如，漢書地理志載某縣有某官，百官公卿表卽略之。蓋此官以地爲主，旣見於地理志，後人卽可藉知漢代官制有此一職矣。

又如史記五帝本紀中，帝堯後半之事蹟多與帝舜前半之事蹟相同；齊世家後半與田敬仲世家前半，及晉世家後半與韓魏趙三世家前半亦多關涉：但均能錯綜遞見，絕不重犯。又同一事蹟，或表詳而世家列傳略，或傳詳而紀略，或紀詳而傳略，亦均參互照應以成章法，此記事文之通例也。大抵文章有一篇自成章法者。有合一書而成章法者，零雜篇章自應各具起訖，既合若干篇以成一書卽應全書相爲終始。此非特史漢爲然，卽後漢書亦然。例如，後漢書黨錮列傳既有專篇，則相關各人之本傳卽甚簡略，實則篇章之作法亦不能外是：一篇之應互有詳略，亦猶兩傳之互有詳略不相重複也。

六　論文章之音節

古人文章中之音節，甚應研究。文心雕龍聲律篇卽專論此事。或謂四聲之說肇自齊梁，故唐以後之四六文及律詩乃有聲律可言，至古詩與漢魏之文則須講聲律。不知所謂音節旣異四聲，亦非八病。凡古之名家，自蔡伯喈以至建安七子，陸士衡，任彥昇，傅季友，庾子山諸人之文，誦之於口無不淸濁通流，脣吻調利。卽不尙偶韻之記事文亦莫不如是。例如史記敍事每得言外之神，嘗有詞在於此而意見於彼之處。以其文中抑揚頓挫甚多，故可涵詠而得其意味。此平準封禪兩書貨殖遊俠伯夷諸傳所以可誦也，至於譜錄簿籍之文，如史記三代世表十二諸侯年表，及漢書地理志，藝文志之類，皆無音節可誦。除此之外，史記固十之八九可誦，卽漢書之食貨志郊祀志亦並音節通流，毫不蹇礙。其紀傳後贊與兩部賦後之明堂詩靈臺詩尤爲雅暢和諧，爲孟堅文中音節之最佳者，蔡中郎有韻之文所以高出當時卽以其音節和雅耳。東漢一代之文皆能鎔鑄經誥，惟餘字僅採用經書之字句組成。而伯喈則能涵詠詩書之音節，而摹擬其聲調。不講平仄而自然和雅，此其所以異於普通漢碑也。至於建安七子之文愈講音節。劉彥和云：「洎夫建安，雅好慷慨。」以其文多悲壯也。（例如陳琳爲袁紹檄豫州文，壯有骨鯁，克舉其詞。）大凡文氣盛者，音節自然悲壯：文氣淵懿靜穆者，音節自然和雅：此蓋相輔而行，不期然而然者。阮嗣宗之文氣最盛，故其聲調最高，亦自然而致也。自魏晉以迄唐世，文章漸趨四六，其不能成誦者蓋寡。文章所以不能成誦，厥有二因：一、由用字不妥貼。爲文選字甚難，儘有文義甚通，而與音節相乖，以致聲調不諧者。一由用字過於艱深。用字冷僻，則音節易滯。倘有意求深，卽使辭句古奧，而音節難免艱澀。淸代常州董祐誠繼誠兄弟之文，以古書及冷字僻典堆砌成篇，而誦之不成音節，此與壁壘堅固，空氣不通奚異？文之音節本由文氣而生，與調平仄講對仗無關。有作漢魏之文而音節甚佳，亦有作以下之四六文而不能成誦者，要皆以文氣疏朗與否爲判，莊子云：「閱谷生風」，此之謂也。普通漢碑以用經書堆砌成篇，不如蔡中郎文有疏朗之氣，故音節遂遠遜之。范蔚宗文甚疏朗，且解音律。其自序云：「性別宮商，識淸濁」沈約諸人多祖述其說。故其文之音節尤可研究。例如後漢書六夷傳序，黨錮傳序，逸民傳序，宦者傳序諸篇，幾無一句音節不諧，而其諸贊，誦之於口適與四言詩無異。大抵碑頌誄贊各體，皆宜參以魏晉四言詩之音節，倘能涵詠陶靖節榮木停雲諸篇而施諸碑銘頌贊，則其音節必無蹇礙之病矣。

文之音節既由疏朗而生，不可砌實，而陸士衡文甚爲平實，而氣仍是疏朗，絕不至一隙不通，故其文之抑揚頓挫甚爲調利。且非特辭賦能情文相生，音節和諧，卽辨亡五等諸論亦無不可誦。非必徐庾以降之四六文始有音節也。漢之樂府孔雀東南飛、古詩十九首，及歌謠等皆可誦之於口。惟專以字句堆砌者亦不能成誦。例如史游急就篇之七字韻語，及柏梁台詩之「枇杷菊栗桃李梅」等皆此類也。

大凡文之音節皆生於空。淸代汪容甫之文篇篇可誦，繹其所法，亦不過任昉陳壽數家而已。又陳維崧之文取法雖低，而有音節。至乾隆以後之常州駢文，如董祐誠兄弟所用亦爲三代以上之書，而堆砌成篇毫無潛氣內轉之妙，非特不成音節，文亦甚晦，絕無輝煌之象。孔顨軒雖喜用典，而音節流利，卽由其文章有空處耳。唐代李義山用典甚輕，音節和諧，故爲一代名家。然非謂用典過多音節卽不調諧也。如庾子山等哀豔之文用典最多，而音節甚諧，其情文相生之致可涵泳得之，雖篇幅長而絕無堆砌之迹。又如任彥昇之文何嘗不用典？而文氣疏朗，絕無迹象，由其能化也。故知堆砌與運用不同，用典以我爲主，能使之入化；堆砌則爲其所囿，而滯澀不靈。猶之錦衣綴以敝補，堅實蕪穢，毫無警策潔淨之氣，凡文章無潔淨之氣必至沉而且晦：沉則無聲，晦則無光，光晦而聲沉，無論何文亦至艱澀矣。

文章最忌一篇祇用一調而不變化。六朝以上大致文調前後錯綜，不相重犯。卽同爲四言而上兩句絕不與下一句相重，此由音節旣異，文氣亦殊也。試觀蔡伯喈陸士衡之文，雖篇篇極長而每段絕無相犯之調。蓋漢人之調雖少而每篇輒數易之。自魏晉以下，則每篇皆有新調。如吳質之書札及陸士衡之五等論，卽其例也。降及六朝，文調益爲新穎，夫變調之法不在前後字數不同，而在句中用字之地位，調若相犯，顚倒字序卽可避免。故四言之文不應句句皆對，奇偶相成，則犯調自尠。如句句對仗，卽不免陷於堆砌矣。然自庾子山後知此法者蓋寡。子山能情文相生且自知變化，尙不爲病。後世無其特長，而學其對仗。長篇犯調，精彩全無。使人觀之，不謂爲修飾不潔，卽謂爲音節不佳，結體全無，皆不知變調之過也。

七　論文章有生死之別

文章有生死之別，不可不知。有活躍之氣者爲生，無活躍之氣爲死。文章之最有生氣者，莫過於前三史。史記記事最爲生動，後人觀之猶身歷其境。如項羽本紀中叙鉅鹿之戰及鴻門之會，垓下之敗（史記卷七），皆句句活躍。周昌列傳叙諫廢太子，其活躍情形，溢於紙上（史記卷九十六）。又刺客列傳叙荆軻刺秦王一段，亦鬚眉畢現（史記卷八十六）。更就漢書而論，如記霍光廢昌邑王一事，前叙太后所著之衣服，繼叙宣讀詔書，而將太后之言插於其中，當時之情態，即栩栩欲生（漢書卷八十六），至於後漢書中郅惲（卷五十九）范滂（卷九十七）第五倫（卷七十一）宋均（卷七十一）王霸（卷五十）諸傳，叙述生動，亦與史漢相同。大抵記事文之生死皆繫於用筆：善用筆者，工於摹寫神情，故筆姿活躍：不善用筆者，文者板滯，毫無生動之氣，與抄書無異。夫文章之所以能生動，或由於筆姿天然超脫，或由於記事善於傳神，如畫蝴蝶然，工於畫者既肖其形，復能傳其栩栩欲活之神；不工於畫者徒能得其形似而已。今欲研究前三史，宜看其文章之生動處皆在於描寫之能傳神也。元史固亦有紀傳表志，而但就當時之公牘官書抄寫而成。記事疏漏，文章直同賬簿以視史漢若天淵懸殊：此由於記事文有生死之別也。

至於其他各體亦莫不然。試就蔡伯喈陸士衡任彥昇諸家研究之，皆可見其文章生動之致。凡文章有勁氣，能貫串，有警策而文采傑出（卽文心雕龍隱秀篇之所謂「秀」）者乃能生動。否則爲死。蓋文有勁氣，猶花有條幹（卽陸士衡文賦所謂「理扶質以立幹，文垂條而結繁」）。條幹既立，則枝葉扶疏；勁氣貫中，則風骨自顯。如無勁氣貫串全篇，則文章散漫，猶如落樹之花，縱有佳句，亦不足爲此篇出色也。蔡中郎文無論有韵無韵皆有勁氣。陸士衡文則每篇皆有數句警策，將精神提起，使一篇之板者皆活。如圍棋然，方其布子，全局若滯，而一著得氣，通盤皆活。又文章之輕重濃淡互爲表裏；用筆重者易於濃，用筆輕者易於淡，此爲一定之理。陸士衡用筆最重，故文章極濃；蔡中郎用筆在輕重之間，故其文濃淡適中；任彥昇用筆最輕，故文章亦淡。惟所謂濃淡與用典無關。任非不用典之淡，陸亦非全用典之濃。其文境之濃淡蓋就用筆之輕重而分。任文能於極淡處傳神，故有生氣。猶之遠眺山景，可望而而不可及，實卽劉彥和之所謂秀也（每篇有特出之處謂之秀，有含蘊不發者謂之隱。）學任之淡秀可有生氣，學蔡陸之風格勁氣亦可有生氣。此殆文章剛柔之異耳，陸蔡近剛，彥昇近柔，剛者以風格勁氣爲上，柔以隱秀爲勝。凡偏於剛而無勁氣風格，偏於柔而不能隱秀者皆死也。庾子山所以能成家者，亦由其文有勁氣而已。上文言記事之文以善傳神者爲生，而有韵及偶儷之文則以句句安定者爲生。凡不安定之句，多由雜湊而成。篇中多雜湊之句，則亦不能成篇矣。故古人作文最重文思。文思不熟。雖深於文者亦難應手。文至不應手時，即不免於雜湊，此爲文之大忌也。爲文若能先求句句安定，則通篇必能恰到好處，絕無混含之語。又對於前人之書有可刪節顚倒者，有不能增減移易者。如史漢之中凡後人視爲可合併者，其文固已合併。但如史記天官書及漢書五行志，文皆本於閱覽之象，必須依據前人記載，不能增減一字，故其文甚繁，不以生動爲尙。至於史記樂書，本於禮記樂記，而其次序詞句經史公顚倒合併以傳神之處甚多，唐人謂褚少孫多顚倒史記之次序，亦但就紀傳及樂書之類而言，若天官書則絕不能移易也。總之，記事之文有數句傳神之語，文章前後即活：有韵及四六之文，中間有勁氣，文章前後即活。反之，一篇自首至尾奄奄無生氣，文雖四平八穩，而辭采晦，音節沉，毫無活躍之氣，即所謂死也。設陸士衡弔魏武帝文（文選卷六十）及袁彥伯三國名臣序贊(文選卷四十七)，去其中間警策之數段，則全篇無生氣。故文有警策，則可提起全篇之神，而辭義自顯，音節自高。是知文章之生氣與勁氣警策互相維繫。生氣又謂之精彩，言有生氣有辭彩也有生氣有風格謂之警策。有風格有生氣兼有辭彩始能謂之高華。爲文而不能具是三者，不得語於上乘也。

八　史漢之句讀

研究史記漢書者，不可不明其句讀。史記之句讀可依索隱集解各家之說斷之，漢書之句讀可依顏師古注辨之。劉攽宋祁之駁正亦多可從。所以必須辨明句讀者，以句讀明而後意思可明也。且史漢每句並不苟言，如句讀不清，則文章精神全失。蓋文章本有馳驟及頓挫兩種，史漢中二者皆不廢。文章有頓挫而無馳驟則失之弱；有馳驟而無頓挫則失之滑。欲明其文中馳驟頓挫之處，則非明其句讀不可。（史記有一字句亦有一句多至二十餘字者。）至於後漢書爲劉宋時人手筆，句讀較爲易求，其餘各家之句讀則以有韵及有六之文爲多，亦無須研究。惟研究史漢者若不明其句讀，即不足以見其章法也。

九　蔡邕精雅與陸機清新

研究蔡伯喈與陸士衡之文，應尋古人對於蔡陸之評論。陸士龍與兄平原書每評論士衡文章之得失，就其所論推其所未論，可資隅反之處頗多。其中有云：「往人論文，先辭而後情，尙潔而不取悅澤。嘗憶兄道張公父子論文，實欲自得。今日便宗其言。兄文章之高遠絕異，不可復稱言。然猶皆欲微多，但淸新相接，不爲病耳。」（全晉文卷一百二頁四）今觀士衡文之作法大致不出「淸新相接」四字。「淸」者，毫無蒙混之迹也；「新」者，惟陳言之務去也。士衡之文，用筆甚重，辭采甚濃，且多長篇。使他人爲之，稍不檢點，卽不免蒙混或人云亦云。蒙混則不淸，有陳言則不新，旣不淸新，遂致蕪雜冗長，陸之長文皆能淸新相接，絕不蒙混陳腐，故可免去此弊。他如嵇叔夜之長論所以獨步當時者亦祇意思新穎，字句不蒙混而已。故研究陸士衡文者應以淸新相接爲本。

至於蔡中郎之文亦絕無繁冗之弊，文心雕龍才略篇云：「蔡邕精雅」，實爲定評。研治蔡文者應自此入手。精者，謂其文律純粹而細緻也；雅者，謂其音節調適而和諧也。今觀其文，將普通漢碑中過於常用之句，不確切之詞，及辭采不稱，或音節不諧者，無不刮垢磨光，使之潔淨。故雖氣味相同，而文律音節有別。凡欲研究蔡文者，應觀其奏章若者較常人爲細；其碑頌若者較常人爲潔；音節若者較常人爲和；則於彥和所稱「精雅」當可體味得之。

惟研究一家之文，有探及裏面者，有但察其表面者。蔡陸之文就表面觀之甚易摹擬，而嵇叔夜聲無哀樂論之類（全三國文卷四十九頁一）甚難摹擬。實則不然。如摹擬蔡陸者只得其貌而遺其神，即使畢肖，亦形似而非神似。況研究一家之文本應注重其精神，不可拘於句法。如僅將經書中之四字句組合運用而成篇，則學蔡豈不大易？不知伯喈之文每篇皆有轉變。如楊公碑胡公碑陳太邱碑等各篇有各篇之作法，不獨字句不同，即音調亦有變化。絕非湊足四言便可詡爲成功也。陸士衡文亦有特能傳神之處。學陸文者應先得其警策，警策既得，然後從事於鍊句布采。如徒摹擬其字句，而遺其神韻，亦徒得其表而遺其裏耳。至於嵇叔夜之長論表面若甚難學，實則摹擬各家者取術不同。蓋嵇叔夜開論理之先，以能自創新意爲尚。篇中反正相間，主賓互應，無論何種之理，皆能曲暢旁達。善學嵇者宜先構思，新意既得，然後謀篇布勢，再定遣詞之法，或全用比喻，或專就正題立言。務期意翻新而出奇，理無微而不達，苟能如此，則叔夜之精華已得，奚必摹擬其句調？試觀六朝論理之文，絕無抄襲叔夜之詞句者，惟分肌擘理，構思精密之處得之於嵇而已。

無論研究何家，皆以摹擬其神情爲上，而以摹擬其字句者爲下。且蔡陸之文尙有字句聲調可擬，而任彥昇傅季友之文全無形迹可學，即使酷摹其句調，亦難勉肖於絲毫。此由任傅以傳神勝，其佳處超乎字句以外。如僅趨步其字句則猶人僅有體魄而無靈魂。故凡學任傅之文者，應得其傳神之妙，不可但擬其用典。如汪容甫文無一聯一句摹擬任彥昇之詞藻，而善能得其傳神三昧，斯可貴也。又如摹擬徐陵庾信之文者，亦應得其情文相生之處，而不可斤斤於字句。清代陳其年之文僅於言情處間肖徐庾，此外但能擬其典故而已。

十　論各家文章與經子之關係

欲擇各家文學之淵源，仍須推本於經。漢人之文，能融化經書以爲已用。如蔡伯喈之碑銘無不化實爲空，運實於空，實敍處亦以形容詞出，與後人徒恃「崢嶸」「崔巍」等連詞者迥異。此蓋得諸詩書，如堯典首二段虛實合用，表象之辭甚多。漢人有韵之文皆用此法，而伯喈尤爲擅長。故研究蔡文者，必知其句中之虛實，乃能得其法門。且六朝以後，形容詞用法甚嚴。狀擬君王之詞絕不能施諸臣民。漢文用實典甚少，倣可不分地位。如「克岐克嶷」原稱后稷聰明，（見詩經大疋生民篇）而斷章取義，則無妨用之童稚。又漢人用表象之詞比附事實，故可繁可簡；六朝人用史書之典比附事實，故不得不繁；此其大較也。班固之文亦多出自詩書春秋。故其文無一句不濃厚，其氣無一篇不淵懿。周禮之文未嘗不古質也，然以視詩書之樸厚則有間矣。曹子建之文大致亦近中郎，惟濃厚細密間或過之。又研究陸士衡者必先熟讀國語。蓋國語之文雖重規疊矩而不覺其繁，句句在虛實之間而各有所指。文氣聚而凝，選詞安而雅，陸文得其法度遂能據以成家。如辨亡五等二論（文選卷五十三及五十四）每段重疊至十餘句，而句各有義，絕不相犯。斯並善於體味國語所致。研究陸文者應於此等處入手。又文章之巧拙，與言語之辯訥無殊。要須嫻於詞令，其術始工。詞令之玲瓏宛轉以左傳爲最，而善於運用左傳之詞令者則以任昉稱首。彥昇之文雖無因襲左氏字句之迹，而能化其詞令以爲己有。且疏密輕重各如其人之所欲言，口氣畢肖，時勢悉合，凡所表達無不恰到好處。是眞能得左氏之神似者也。

研究各家不獨應推本於經，亦應窮源於子。蓋一時代有一時代流行之學說，而流行之學說影響於文學者至鉅。戰國之時，諸子爭鳴。九流歧出，蔚爲極盛。周秦以後，各家互爲消長，而文運之昇降繫焉。約而論之；西漢初年，儒家與道法縱橫並立。其時文學，儒家而外，如鄒陽朱買臣嚴助等之雄辯，則縱橫家之流也；賈誼新書取法韓非，則法家之流也。史記之文，兼取三家，其氣厚含蓄之處。固與董仲舒春秋繁露爲近，而其深入之筆法則得之法家；採國策之文，則爲縱橫家；故與純粹儒家之文不同。

自武帝以迄建安，儒術獨尊，故儒家之文亦獨盛。如班固漢書不獨表志紀序取法經說，卽傳贊亦莫不爾。就其文論，氣厚而濃密，淵茂而含蘊，字裏行間饒有餘味，純係儒家風格，與法家迥殊。蓋法家之文，發洩無餘，乏言外之意，說理固其所長，但古質而無淵懿之光；儒家之文說理雖不能盡，而樸厚中自淵懿之光若孟堅則能備具儒家之特色者也。蔡伯喈之文亦純為儒家，其碑銘頌贊故多採用經說，即論事之文亦取法春秋繁露。而文章之重規疊矩，則又胎息於荀子禮論樂論。故雖明白顯露，而文章自然含蘊不盡。文章含蘊則氣自厚矣。研究班蔡之文者，能含蘊不盡，即為有得。又班蔡之文並淵懿而有光，與古質不同。李斯刻石雖古質而不淵懿，韓昌黎平淮西碑模擬秦刻石，益古質而無光矣。

建安以後，羣雄分立，游說風行。魏祖提倡名法，趨重深刻，故法家縱橫又漸被於文學，與儒家復成鼎足之勢。儒家則東漢之遺韻，法家縱橫則當時之新變也。七子之中，曹子建可代表儒家，其作法與班蔡相同，氣厚而有光，惟不免雜以慨歎耳。王仲宣介乎儒法之間，其文大都淵懿，惟議論之文推析盡致，漸開校練名理之風。已與兩漢之儒家異貫。蓋論理之文，『迹堅求通，鉤深取極』，（文心雕龍論說篇語）意尙新奇。文必深刻、如剝芭蕉、層脫層現；如轉螺旋，節節逼深。不可爲膚裏脈外之言及鋪張門面之語。故非參以名法家言不可。仲宣即開此派之端者也。至於三國奏章皆屬法家之文，斬截了當，以質實爲主。王弼何晏之文，所以變成道家，即由法家循名責實之觀念進而爲探索高深哲理耳。陳琳阮瑀並以騁詞爲主，蓋受縱橫家之影響而下開阮嗣宗一派。故研究建安文學者。學子建應本於儒；學仲宣溯諸法；學阮陳應求之縱橫，最近亦當推迹鄒陽；而嵇叔夜之長論，則非參合道法二家之學說不爲功。大抵儒家之文能「衍」，法家之文能『推』。中國文學之最深刻者，莫過法家。如韓非解老喻老及說難，層層辯駁逐漸深入，實議論文之上乘。建安以後，名法盛行，故法家之文亦極發達。如王弼易例易注之作法皆出於解老喻老。至嵇叔夜將文體益加恢宏，其面貌雖與韓非全殊，而其神髓仍與法家無異。綜上所述，可知三國之文學最爲複雜也。

降及西晉，法家道家亦頗發達，而陸士衡仍守儒家矩矱，多「衍」而少「推」，一以伯喈子建爲宗。

是故就人而論，太史公書最爲複雜，就時代而論，建安最爲複雜。若以儒法二家之文相較，則學儒家之文積氣甚難。此惟可意會，不能言傳。多讀西漢初年之篇章，詳味其衍及含蓄，久之自能有光。學法家之文，應先研究其文章分多面，句各有意。字不虛設，章無盈辭。且能屏棄陳義，爭用新思，考慮周詳，面面完到。自玆入手，庶能得所楷式矣。

十一　論文章有主觀客觀之別

文章有主觀客觀之別，今試就各家之文以說明之。夫文學所以表達心之所見，雖爲藝術而頗與哲學有關。古人之學說，各有獨到之處，故其發爲文學，或緣題生意，以題爲主，以己爲客；或言在文先，以己爲主，以題爲客。於是唯心唯物遂區以別焉。史記雖爲記事之書，而一切人物皆由己意發揮。如遊俠刺客二傳，所以反映當時之人不如郭解荊軻；貨殖列傳，所以針對平準書，以見取民之法猶甚於貿易。與紀表之惟存古制並無深意者迥不相同。至於封禪書所以與禮書分立者，一以抒己意，一以存古制而已。此外如世家首泰伯，列傳首伯夷，而列傳之題或以姓標，或以名標，或以字標，或以官標，雖並記事實而各有進退。可知史記之文主觀固不減於客觀也。後世文學所以不及史記者，以其題在意先，就題爲文，屬於唯物的文學；史記則意在題先，借題發揮，屬於唯心的文學。唯心能歸納，唯物祇能演繹。史記八書，皆先定主意。而後借古今事實以行文。以視漢書八志，體裁雖同，而作法則殊。蓋漢書爲存一代之掌故，以記事淵茂，敍述得法爲主。故記五行卽就五行立言，記天文卽依天文爲說。史記欲借事立言，以發揮意見爲主。如禮書本於荀卿禮論，樂書出自禮記樂記，明其對於禮樂之意見，與荀子禮記相同也。漢書以下，客觀益多，降及六朝，史自史而我自我，等於官書，毫無主觀之致矣。

各體文學，亦有主觀客觀之殊。如三都兩京固屬客觀之賦，而思玄幽通則以發揮己意爲歸。屈原離騷，體屬唯心，而荀卿蠶賦，則宜隸唯物；溯源竟流，亦猶王粲登樓與蔡邕短人之異耳。弔文哀詞貴抒己悲，墓誌碑銘重在死者；主客異致，心物攸分。蔡中郎擅長碑銘，故客觀之文學多。至於唐宋八家之文，作墓誌而附加己意，未免乖體，議論之文亦非盡主觀，如顧歡夷夏器等，專以實在之事理爲主，不悉以己意爲憑，殆屬客觀文學。惟道家者流，歷論古今成敗，以證己心之觀念，則純爲主觀文學。太史公之學說出於黃老，故能以心馭事，非如後世之心爲事役也。兩漢之時，儒家盛行，學術統一，除太史公書兼採儒道縱横外，其餘各家皆內觀少而外觀多，捨唯心而趨唯物。降至正始，嵇阮倡爲道家之文，校練名理，辨析玄微，唯心之風，又復轉熾。如阮嗣宗樂論非述樂之沿革，易論亦異易之注疏；惟以己意貫串，故與堆積事實者不同。又如嵇叔夜之養生論，句句出於己心；聲無哀樂論亦能發前人所未發。以此上較東漢之文，如劉梁辨和同之敷衍成篇，班彪王命論之但就史實判斷者，顯然主觀與客觀不侔矣。陸士衡亦長於唯物文學，與蔡中郎相近，而平實蓋猶過之：觀其文賦專寫爲文之甘苦，其詩亦無一句不實。若五等論之類，就題爲文，絲毫不遺，殆與三都兩京之作法相同，亦由歸納之處少而演繹之處多耳。潘安仁之誄文，純表心中之哀思，以空靈勝，情文相生，非客觀所能有，故能獨步當時，見稱後代也。由上所論，可知文章各體雖非盡屬主觀，而如情文相生之哀弔，校練名理之論辨，援事抒意之傳記，固應以唯心爲尙也。

十二　神似與形似

近人論文，謂模擬一代或一家之文，不主形似，但求神似。此實虛無縹渺，似是而非之論。蓋形體不全，神將奚附？必須形似乃能羼然不辨，此固非工候未至者所能贊一詞也。夫抒柚篇章，豈爲易事？章法句法既宜講求，轉折貫串猶須注意。逮至色澤勻稱，聲律調諧，然後乃能略得形似。形似既具，精神自生。學班蔡之文者，不獨應留意句法章法，且須善於轉折。李申耆有擬東漢碑銘各篇，規模略具矣。凡模擬古人文學，須從短篇及單純之意思入手，而徐進於長篇及複雜之意思。至鎔各家爲一鑪之語，殆空談耳。清代汪容甫作碑銘雜用國語國策史記漢書諸體，而參之以唐宋之文，遂至駢散皆不可辨，此鎔合之弊也。又文章之美，全由性情。嵇康阮籍固不相同，與王弼何晏尤不相類。故模擬古人之文須先溝通其性情之相近者，若不溝通，則無妨割置。王半山黃山谷學杜俱能得其一體，故能流傳於後。若明前七子之詩雖不甚劣，而其文章則撏撦莊荀史記之調而溝通之，所以不足道也。七啓亦是模擬之作，然而不爲病者以其規模仍舊，而字句翻新耳。學陸士衡之文，僅知鍊句尚不可，必須鍊柔句爲剛句，勁如枝之不可折，斯可矣。

十三　文質與顯晦

文學之性質，有相反者二事，而不可一有一偏無焉。玆述之如下：

（一）文與質最相反者也。東漢一代文質適中，賦、詩、論、說、頌、贊、碑、銘各體，皆文質相半。惟張平子班孟堅，文略勝質；蔡中郎之碑銘則有華有質，章奏亦得其中。建安以後，文風丕變：有文勝質者，有質勝文者。辭賦高華，較東漢爲勝；章奏質樸，較東漢爲差。東觀漢紀及袁宏後漢紀所載東漢諸人之章奏，皆文質適中，即考據議禮之文亦有華彩可觀，非如建安三國之重名實而求深刻也。西晉之時，陸士衡之表疏，如謝平原內史表等，文彩彬蔚，與辭賦無殊。其餘各體亦皆文質相參。嗣宗高華，亦未舍質。故知後世驚彩絕豔之文，格實不高；與宋人語錄相較，一淺一深，其弊則同耳。欲求文質得中，必博觀東漢之文，以蔡中郎諸人爲法，乃可成家。觀晉隋兩書之禮志及杜佑通典諸議禮文字，雖主考據而並有文彩；顏氏家訓各篇亦質而有文，與後世之質樸者相去遠甚。故文質得中，乃文之上乘也。

（二）文章有顯有晦　各有所偏，揚子雲太玄經及劇秦美新等固有艱深之字句，而十二州箴及趙充國頌等篇，則文從字順，毫不冷僻；可見古人作文固非盡隱晦難知者。又文之通病顯則易淺，深則易晦。鍾鍊之極則艱深之文生。然陸士衡之文雖極力鍾鍊，而聲調甚佳，風韵饒多，華而不澀。西晉普通之文俱極雋妙，而絕不淺俗。若清之董祐誠故意堆積故實，則深而流於晦；袁子才務期人盡可曉，則顯而流於淺，均未得其中也，古人之文，深而流於艱澀者，除樊宗師之絳守居園記外，絕不多見。蓋文章音調，必須淺深合度，文質適宜，然後乃能氣味雋永，風韵天成。潘安仁、任彥昇之文所以風韻盎然者，正以其篇篇皆在文質之間耳。

十四　文章變化與文體遷訛

凡文章各體皆有變化，但與變易舊體不同。就篇法而論：如紀傳體之先後，本應以事實爲序，然因事之重輕間或用倒叙法。史記各傳，通例皆用順叙，而衞青霍去病列傳卽兩人插叙，年月次序絲毫不紊。漢書各傳，皆傳前論後，而王吉貢禹列傳則先叙商山四皓，發爲議論。又揚雄傳內只引其自序，實在事跡反叙於論內。變化雖繁，要並與傳體無悖。蔡中郎之楊炳碑，盡用尙書成句。雖與普通各篇不同，而虛實並存，亦不乖碑體，此皆在本體內之變化，而非以他體作本體之文。絕無以傳爲碑或以碑爲傳者。降及六朝唐世，仍循此例，未嘗乖牾。此篇法變化無關文體者也。就句法而論：古人之變化亦甚多。試卽對偶一端而言，有上句用兩人名，下句用一人名者；有上句用地名，下句用人名者；亦有上下兩句同用一意者。此種詞例甚多，無非求句法新穎，不與前人雷同而已。兩漢之文如蔡中郎諸人之聲調，乍視似不懸殊，若寫爲聲律譜以較，則其句法詞例無慮百餘種。建安文學所以超軼當時者，亦以其詩文之聲調句法爲兩漢所未有。如吳質與陳思王書，卽其例也。故學一家之文，不必字摹句擬，而當有所變化。文章中之最難者，厥爲風韵、神理、氣味，善能趨步前人者，必於此三者得其神似，乃盡摹擬之能事，若徒拘句法，品斯下矣。凡一代之名家，無不具此三者；而各家之間又復不同。如陸士衡與潘安仁各有氣味，自成風韵，異曲同工，不能強合。至於文章之神理，尤爲難能可貴，即謝康樂所謂『道以神理超』也。如潘安仁任彥昇之文皆有神理，但或從情文相生而出，或從極淡之處而出，或從隱秀之處而出。凡學古人之文，必須尋繹其神理與風韵，若面貌畢肖，而神理風韵毫無，不足與言擬古矣。陸士衡於碑銘一體，心摹神追蔡中郎，其篇幅雖長，偶句雖多，而文章之轉折，句法之簡鍊，以及篇章之結構，皆能具體而微。謝康樂之文頗似潘安仁，而其論體則摹擬嵇叔夜。雖體裁無嵇之大，而作法得嵇之工夫甚深。間有數篇，置之嵇文中亦不辨眞贋。又六朝人之學潘安仁而能得其風韵者，則惟謝莊謝玄暉二人。顏延年之文，亦可以爲士衡之體貳。不獨鍊句似陸，即風韵亦酷肖之。陸之風韵在「提」與「警」，延年得其一隅，故能儼然近眞，惟其詩尙不及陸之顯耳。江文通之文，得力於楚辭九歌者甚深。其體裁句法未必篇篇皆肖，而神理風韵殆能心慕神追。可知摹擬一家之文，必得其神理風韵，乃能得其骨髓。句法無妨變化，而氣味實質不宜相遠。研覽六朝人學兩漢三國西晉之文，即可爲後世摹擬一家之模範矣。

至於文章之體裁，本有公式，不能變化。如敘記本以敘述事實爲主，若加空論卽爲失體。水經注及洛陽伽藍記華彩雖多，而與詞賦之體不同。議論之文與敘記相差尤遠。蓋論說以發明己意爲主，或駁時人，或辨古說，與敘記就事直書之體迥殊。所謂變化者，非謂改敘記爲論說或儕敘記爲詞賦也。世有最可奇異之文體，而世人習焉不察者，則杜牧阿房宮賦，及蘇軾之前後赤壁賦是也。此二篇非騷非賦，非論非記，全乖文體，難資楷模。準此而推，則唐以後文章之訛變失體者，殆可知矣。又六朝人所作傳狀，皆以四六爲之。清代文人亦有此弊。不知史漢之傳，體裁已備，作傳狀者，卽宜以此爲正宗。如將傳狀易爲四六，卽爲失體。陳思王魏文帝誄於篇末略陳哀思，於體未爲大違，而劉彥和文心雕龍猶譏其乖甚。唐以後之作誄者，盡棄事實，專敘自己，甚至作墓誌銘，亦但敘自己之友誼而不及死者之生平，其違體之甚，彥和將謂之何耶?又作碑銘之序不從敘事入手，但發議論，寄感慨，亦爲不合。蓋論說當以自己爲主，祭文弔文亦可發揮自己之交誼，至於碑誌序文全以死者爲主，不能以自己爲主。苟違其例，則非文章之變化，乃改文體，違公式，而逾各體之界限也。文章既立各體之名，卽各有其界說，各有其範圍。句法可以變化，而文體不能遷訛，倘逾其界畔，以採他體，猶之於一字本義及引伸以外曲爲之解，其免於穿鑿附會者幾希矣。

十五　漢魏六朝之寫實文學

今之論者輒謂六朝文學只能空寫而不能寫實。抑知漢魏六朝各家之文學皆能寫實，其流於空寫者乃唐宋文寫之弊，不得據以概漢魏六朝也。

中國古代之文體，本有數種，如詩經雖有賦比興，而其中復有虛比。周禮之記官制固用寫實，而祇舉大綱，不及細目，故此二經之文體不盡爲寫實，然儀禮一書則可爲寫實之楷模。其記某禮也，自始至終，舉凡賓主之儀節方位，以至升降次第，一步一言，無不詳細記載，鬚眉畢現。如鄉飲酒禮於宮室制度，揖讓升降，乃至酒杯數目皆描寫盡致，今觀其文即可想見當日之情形，此張臯文所以據之作儀禮圖也。

再就史書而論，史漢之所以高出於後代者，即在其善於寫實。故每記一事，則經過之曲折，纖細不遺；記戰爭則當日之策畫瞭如指掌，例如史記留侯世家中記酈食其勸立六國後事，於當時之情狀盡能傳出（卷五十五），項羽本紀（卷七）信陵君列傳（卷七十七），不獨寫出本人之性情，即當時說話之聲容情態亦躍然紙上，其傳神之妙，何減畫工？漢書前半多本史記，而武帝以後之記傳，亦自具特長，不容與史記軒輊。卽如陳遵原涉兩傳（卷九十二），何減於郭解朱家（史記卷一百二十四）？趙飛燕傳（卷九十七下外戚傳）雖似小說家言，而實係當時之實錄。至其表現仁厚及暴虐者之神情，亦無不惟妙惟肖。如朱雲傳記廷折張禹事（卷六十七），迄今讀之，猶生氣勃勃，可知史漢非以空寫作文章者也。

晉書南北史喜記瑣事，後人譏其近於小說，殊不盡然。試觀世說新語所記當時之言語行動，方言與諸語並出，俱以傳眞爲主，毫無文飾。晉書南北史多采自世說，固非如後世史官之以意爲之。至其詞令之雋妙，乃自兩晉淸談流爲風氣者也。古時之高文典册，亦以爲寫實者多，潤色者少，非獨小說爲然，惟其中稍加文飾，亦所不免，如傳狀本以記事爲主，用表象形容之詞卽爲失體。然史記石奮傳「子孫勝冠者在側，雖燕居必冠。申申如也」（卷一百三）；漢書朱雲傳「攝齊升堂抗首而請」，並用論語鄉黨文。實則漢人之衣冠亦未必與周制相同，用此兩語，卽近粉飾。但施之碑銘則甚調和，此殆沿用當時碑文未加修改，致乖史傳之體耳。

唐以後之史書用虛寫者甚多，非獨不及史記漢書，且遠遜於晉書南北史。唐人所作之小說未嘗不多，而唐書所以不及晉書南北史之采用世說新語者，則由文勝於質，不善寫實而已。宋以後之史書，或偏於空寫，或毫無神采，所據者非當時之官書，卽當時之碑誌；官書避免時忌，業經刪裁；碑誌僅記爵里生卒，亦不能傳達聲容言動，求其傳神，殆不可能。今之謂中國文學不善寫實者，責之唐宋以後固然，但不得據此以鄙薄隋唐以前之文學也。中國文學之敝，皆自唐宋以後始。例如流俗文章中於官名地名喜比附古人近似之名詞以相替代，此皆自唐之啓判，宋之四六開其端。卽徐庾之文尚不至此。清代應制之書啓賀表染其流毒，喜用幫襯之名詞，所用之字亦似通非通，民國以來普通之電報書札，亦與前清無別，此弊皆唐宋應酬干祿之文字肇之，漢魏六朝之文學固不可與此並論也。

由上廣論，史傳一類固應純粹寫實，而詞賦詩歌則亦間有寫實之證，如荀卿箴賦蠶賦，刻畫甚工（荀子卷十八賦篇）；蔡邕短人賦（本集外紀，全後漢文卷六十九頁四）亦惟妙惟肖，此詞賦之能寫實也。至於左傳宣公二年引宋城者之謳，形容華元之棄甲；及漢代樂府孔雀東南飛記焦仲卿妻事（古詩源卷四），則並詩歌之能寫實也，推若韓昌黎石鼎聯句之類，刻畫過於艱深，殆非寫實之正宗耳。

碑銘頌贊之文，蓋出於書經堯典之首段，與禮經之不可增減一字者不同，本以「擬其形容，象其物宜」爲尚，而不重寫實，秦漢碑銘全屬此體。後人不知文字有實寫與形容之別，亦不知有表象之法，故以典故代形容，典故窮後易以代詞，此風自六朝已漸兆其端，唐宋始變本加厲，今人習而不察，因據唐宋以後之文學以律陳隋以上，殊未見其可也。

綜之，漢魏六朝之文學，皆能實寫，非然者即屬擬其形容象其物宜一類。又詞中於荀卿賦篇一派外，又有司馬長卿長門賦，描寫心中之想像，王仲宣登樓賦，發抒羈旅之悲懷，雖非寫實而亦善傳神，中國文學中之有寫實傳神二種，亦猶繪畫中之有寫生寫意兩派，未可強爲軒輊也。

十六　論研究文學不可爲地理及時代之見所囿

隋書文學傳序論南北朝文體不同云：「江左宮商發越，貴於清綺；河朔詞義貞剛，重乎氣質。氣質則理勝其詞，清綺則文過其意。理深者便於時用，文華者宜於詠歌；此南北詞人之大較也」（隋書卷七十六）。後代承之，亦有謂中國因南北地理不同，文體亦未可強同者。然就各家文集觀之，則殊不然。隋書之說，非定論也。試以晉人而論，潘岳爲北人，陸機爲南人，何以陸質實，而潘清綺？後世學者亦各從其所好而已。若必謂南北不同，則亦祗六朝時代爲然。蓋名理初興，發源洛下。王何嵇阮之流，各以辯論清談成風，西晉承之，無由變易。及五胡亂華，中原文士相率南遷，於是魏晉以來之文化遂由北而南。其時南北之所以不同者，北方文句重濃，南方文句輕淡，自東晉以降，北如五胡十六國，南如晉宋齊，大抵皆然。揆厥所由，則以晉承清談之風，出語甚雋。宋齊踵繼，餘韻猶存，及齊梁之際，宮體盛行，則又加以綺麗。沿流泝源，殆仍洛下玄風，逐漸演變，而非江南獨有此派文學也。北方經五胡之亂，名理弗彰，文遂變爲質實。元魏北齊北周大都如是。及庾信入周，乃始溝通。周隋之際，南北又趨混一。準是以言，則南北固非判若鴻溝耳。

上溯兩漢，南北之分亦不甚嚴。教官碑爲江南石刻，而作法與北碑無別。班孟堅蔡中郎均超邁當時，而學之者不間南朔。更就清代論之，胡天游本爲浙人，而追摹燕許，功候甚深；其他北人而擅長六朝文學者，尤不可勝數。倘能於古人文字精勤鑽研，無論何人均不難趨步，士衡入洛，子山入周，南北易地，各能蔚成文風，然則，文學奚必有關地理哉？

一代傑出之文人，非特不爲地理所限，且亦不爲時代所限。蓋文體變遷。以漸而然。於當代因襲舊體之際，倘能不落窠臼，獨創新格；或於舉世革新之後，而能力挽狂瀾，篤守舊範者：必皆超軼流俗之士也。如彌正平之在東漢，遠遜孔融蔡邕，而其文變含蓄爲馳騁全異東漢作風，故能見重當時。又如曹魏章奏以質實爲主，惟陳思王篇製高華，不佪舊規，亦能獨邁儕輩：並其例也。故研究一家之文於本人之外尚須作窮源竟流功夫。如研究阮嗣宗當溯源於陳琳阮瑀，推而上之，更可考及彌衡。又如張平子文頗得宋玉之高華，在當時雖無影響，而能下啓建安作風：不考平子無以知建安，亦猶不考琳瑀無以知嗣宗耳。漢代章奏雖未必篇篇皆如劉向匡衡，而規模大致不遠。至如趙充國屯田頌之句句切實者，在兩漢殊不多覯。然至曹魏之際，其體遂昌。此亦當代不能盛行而爲後代推崇之例。他如陸士衡辨亡五等各長論，實由六代論運命論開之；潘安仁清綺自然之文及下筆轉圜之處，實由王仲宣開之；任彥昇下筆輕重及轉折法度，實由傅季友開之。而欲知庾子山轉移北方風氣之故，尤不可不溯源於梁代宮體。蓋徐陵庾信之文體，實承南史簡文帝傳所載徐摛庾肩吾之家風。而爲宮體導夫先路者，則永明時之王融也。今之談宮體者，但知推本簡文，而能溯及王融者殆鮮，斯何異於論清談者，但知王弼何晏，而不能溯源於孔融王粲也哉？此窮源之說也。

晉宋文人學陸士衡者甚多，而顏延年所得獨多；學潘安仁者，亦不一而足，而謝莊所得獨多。延年詩文均摹士衡，赭白馬賦尤酷肖。謝莊亦長哀誄，華麗雖遜安仁，而饒有情致。故研究陸潘二家者，於本集外尚須涉覽顏謝之文，以究其相因之迹。傅季友任彥昇之後頗少傳人，惟汪容甫確能得其彷彿。陳其年摹擬庾子山雖不甚高，顧自唐代以來，鮮出其右，擷其佳作亦往往可以亂眞。故研究傅任子山者，不可不以爲汪陳爲參鏡。此竟流之說也。

今之研治漢魏六朝文學者，或尋源以竟流，或沿流而溯源，上下貫通，乃克參透一家之眞相。眞相既得，然後從而摹擬之庶幾置諸本集中可以不辨眞贋矣。（如江文通所擬古詩酷肖古人，斯乃摹擬功候之深者。）

十七　論各家文章之得失應以當時人之批評爲準

歷代文章得失，後人評論每不及同時人評論之確切。良以漢魏六朝之文，五代後已多散佚，傳於今者益加殘缺。例如東漢文章，以蔡伯喈所傳獨多，而藝文類聚所引，宋人刻本蔡中郎集已未盡收。南北朝文以庾子山所傳獨多，而今之庾開府集亦非全豹。故據唐宋人之言以評論漢魏，每不及六朝人所見爲的；據近人之言以評論六朝，亦不如唐宋人所見較確。蓋去古愈近所覽之文愈多，其所評論亦當愈可信也。今若就明人王弇洲或清人胡天游之文以衡其得失，發爲論評要當不中不遠。若尙論古代則殆難言矣。二陸論文之書對於王蔡輩頗爲中肯，而於本身篇章亦能甘苦自知。凡研究伯喈仲宣及二俊文學者皆宜精讀。漢書謂史記質而不俚，蓋指陳涉世家中，「涉之爲王沈沈者」一類而言。蔡中郎自謂所爲碑銘惟郭有道碑無愧色，則他篇不免形容溢美之處亦從可概見。餘如建安七子文學，魏文典論及吳質楊德祖輩均曾論及，三國志王粲傳及裴松之注亦堪參考。至於鍾嶸詩品劉勰文心雕龍，所見漢魏兩晉之書就隋志存目覆按，實較後人爲多，其所評論迥異後代管窺蠡測之談，自屬允當可信。譬如史記全書今已不傳而惟存伯夷列傳一篇，後人若但據此篇以評論史記列傳之體，豈如當年曾見全書者所論為確耶？

十八　潔與整

研究各家之文，有必須知者二事：第一須潔，文之光彩自潔而生。譬猶鏡爲塵蔽，光自不明；文雜蕪穢，亦必黯淡：其理一也。欲求文潔，宜先謀句勁。造句從穩字入手，力屏浮濫漂滑，由穩定再加鍾鍊。則自然可得勁句。句勁文潔，光彩自彰。試觀蔡中郎班孟堅之文幾無一句不勁，而亦幾無一篇無光。潘安仁下筆雖輕，但僅免滯重，絕不漂滑；陸士衡長篇雖多，但勁句相承，不嫌繁冗；斯並知尙潔之義者也。

第二須整，整者層次清楚，段落分明之謂，非專指對偶而言也，漢魏之文對偶與後人不同，如聖主得賢臣頌解嘲答客難等篇，並非字句皆對，但其文非不整齊。卽近代之文，無論何派何體亦未有次序零亂而可成家者：此貴整之義也。

然學爲文章固須從潔淨整齊入手，而非謂畢此二事卽克臻佳境也，卽如造句之法，不限於勁，但能造勁句，已奠屬文之基。縱有偏失，亦不過一隘字。桐城方望溪之文，句句潔淨，後人雖張大義法之說，然其最初法門要由潔淨而入。亦有文章樹義甚高，但因不潔累及全篇者，淸代不善學六朝文之作家往往蹈此，可知無論研習何體，尙潔均爲第一要義，至於漢人文章之段落層次雖與後代不同，然如蔡中郎文僅祇轉折不著迹象而已，其節落提頓亦何嘗不清晰顯豁耶？文層次不亂固屬整齊，無閒字閒句仍屬整齊，故潔淨亦爲整齊一端，凡文氣不盛者切不可用肥重字，按否則，難免徒由字句堆成，毫無生氣。論語所謂修飾潤色，老子所謂損之又損，按諸爲文，亦莫不然也。嵇康之文雖長，而不失於繁冗者，由其以意爲主，以文傳意耳。意思與辭采相輔而行，故讀之不至昏睡。若無新意，徒衍長篇，鮮不令人掩卷憒憒者。總之，臨文之際，對於字句務求雅馴，汰繁冗，屏浮詞。凡多之無益，少之無損，除文氣盛者間可以氣騁詞外，要宜加以翦截，力從損省。由玆致力，庶可句勁文潔，篇章整齊矣。

十九　論記事文之夾敘夾議及傳贊碑銘之繁簡有當

中國文學之特長，有評論與記事相混者，卽所謂夾敘夾議也。如史記魏其武安侯列傳，通篇記事，並無評論，而是非曲直卽存於記事之中。餘如封禪平準兩書，句句敘事，亦卽句句評論。故夾敘夾議之文以史記最爲擅長。漢書食貨郊祀兩志及王莽諸傳，並爲孟堅聚精會神之作，觀其敘議相參，實堪與史遷伯仲。至於史傳以外之文，如應劭風俗通之類，事實評論亦互相關聯，未有捨記事而專爲評論者。唐宋以降：盛行議論之文，徒騁空言，不顧事實，求其能如史記於記事中自見是非曲直者蓋寡。明淸而還，斯體益昌。論史但求翻新，議政惟騖高遠，文變迂腐，意並空疏：其弊皆由評論與事實不相比附也。夫記事與評論之不宜分判，殆猶形影之不能相離。倘能融合二者，相因相成，則既免詞費，且增含蓄，較諸反覆申明，猶可包孕無遺：豈非行文之能事乎？試觀蔡伯喈所作碑文，但形容事實，不加贊美，而其揄揚已溢於事實之表，贊美與事實融合無間，故文章絕妙。降及六朝，此法漸致乖失。如庾子山哀江南賦借古物以比附事實，固甚恰當，但於敘事之際不著功罪，及訂論功罪，復贅他語，此漢人所未有也。至於後代四六，先用典故比附事實，事實之後更加贊美，則詞費文繁，去古益遠矣。東漢章奏議論之文，率皆平平敘記，而是非曲直自可瞭然。雖無後人反覆申明，慷慨激昂之致，而得失利害溢於言表：斯並得力於夾敘夾議功夫耳。

如上所云，事實與評論既不可分，而紀傳之外別有論贊，碑文之末復加銘詞者，其故何耶？不知論贊銘詞皆在總括文意，而與文之繁簡無關。古代筆紙缺乏，鈔寫匪易。口傳心受，必須約其文詞且須整齊有韻，始便記誦。若累牘連篇，殆非盡人所能曉喻。故論贊卽貫串紀傳之大意，銘詞乃綜括碑文之事實，非於碑傳本事之外別有增益也。唐宋論文者，以爲銘之叙事乃補碑文所未足，不可與碑相犯。此由見史記樂毅傳贊全異本文，遂謂贊非總括大意，乃補傳之不足；由此引申，更謂銘補碑闕，亦須另增新事耳。不知贊之本義，原與序同。序以總括書之大綱，贊以約述傳之事實。（漢人贊序不一分，離騷經序亦或作贊，孔子贊易。乃作繫辭，欲撮舉易之大意而總括之也）。史記中如樂毅傳贊者，僅寥寥數篇，並非正格。至於蔡中郎集如胡廣碑等皆一人數篇，而其銘詞絕無奇峯突起，不與碑文附麗者。他如隸釋、隸續、及兩漢金石記、金石萃編等所載漢碑，亦莫不皆然。蓋碑詳銘約，約碑之詳以爲銘，廣銘之約卽爲碑；亦猶史書約紀傳而爲論贊，恢擴論贊仍成紀傳也。（唐韓愈平淮西碑亦總括事實於銘詞者）。

又漢人石刻，銘後往往附有亂詞。此體開自楚辭漢賦，所以結束全文也。用亂者，一則以意義未盡，一則以意義雖盡而須數語作結始爲完足。降及三國六朝，此體久廢。今若爲碑銘，似宜恢復亂詞，以爲全篇事蹟或哀思之結穴焉。

總之古人爲文，繁簡義各有當。揆厥所由，史記漢書開示法門甚多，玆不暇一一列舉矣。

二十　輕滑與蹇澀

中國文學受人攻擊之點有二：一曰粉飾。古代文學於寫實以外原有表象形容一格，然與後世之粉飾迥異。大抵後人既不能實寫，又不善形容，乃以似是而非之旁襯名詞來相塗附，此種風氣啓自六朝，盛於唐代，宋四六及淸人普通文字多屬此類。其流弊所及，非獨四六爲然，作散文者亦搖筆卽來，日趨套濫。返觀漢魏，無此格也。夫語言爲事實之表象，禮俗既異，語詞自殊。今乃賀人生日必曰懸弧令辰，友朋餞行必曰東門祖道。坐不席地，豈有危坐之儀；簪無所施，寧有抽簪之論。他如稱道尹曰觀察，稱京師曰長安。號伶人爲黎園，目妓女爲敎坊，凡茲冗濫之詞，殆屬更僕難數。倘使沿用成習，非特於文有累，且致文格不高！然風尚所被，不限庸流，卽賢者亦所不免，蓋其由來漸矣。此今日爲文首宜屛棄者也。

二曰遊戲筆墨。夫涉筆成趣，文士固可自娛，但不宜垂範後世。以其既不雅馴，且復華而不實也。尤西堂各體文字率用詞曲筆墨，故皆含遊戲氣味。李笠翁蔣心餘輩尤而效之，益多嬉笑玩世之作。試觀煙霞萬古樓文集所錄，其文何嘗無才，但究非文章正格，故毫無價值可言。凡學爲文章，與其推崇天才，勿寧信賴學力。

庸流所奉爲才子派者，實不足爲楷式也。

今日研習各體文章，輕滑之作固不足道，而過於蹇澀亦非所宜。蹇澀之弊，大抵由於好高立異，不屑俯循常軌，每遇適可而止之處輒以深代淺，以難代易。逮養成習慣，不期而然，雖異輕滑，亦難引人興趣，其弊一也；口吻蹇礙，不能誦讀，其弊二也；意欲明而文轉晦，其弊三也；全用單字堆砌，毫無氣脈貫注，死而不活，其弊四也。夫有韻之文宜用四言，施諸別體，卽難免上述之弊。試觀出土漢碑多用四字句，然與蔡中郎所作相較，則音節文氣優劣立辨。故過求蹇澀，亦爲文之大戒也。七八年前，余劉先生自稱，嘗好爲此體，爲文力求艱深，遂致文氣變壞。欲矯一時之弊，而貽害於後人者已非淺鮮。今觀外間蹈此弊者不一而足，文求艱深，意反晦而不明，矯枉過正，殊有害而無益也。文之艱深平易各有所宜：揚子雲之太玄固艱深，而十二州箴及趙充國頌何嘗不平易？司馬相如之子虛上林固艱深，而難蜀父老，諫羽獵疏何嘗不曉暢？劉子政文雖篇篇明白，然亦間有詰屈聱牙者。惟班孟堅蔡伯喈之文幾無一篇不和雅可誦，洵上乘也。故知文貴稱情而施，不容一概相量。如韓昌黎之石鼎聯句已覺艱深，若必如樊宗師之絳守居園記，則文章尚有何用?凡學爲文章者，務求文質得中，深淺適當。鍊句損之又損，擒藻惟經典是則，掃除陳言，歸於雅馴：庶幾諸弊可祛，而文入正軌矣。

二十一　論文章宜調稱

文章最難與題目相稱，但無論講名理，抒性情，或顯或隱，要須求其相稱，始不乖體。譬如講名理之文，若晉人聲無哀樂，言不盡意等論，宜有明雋、氣味，而所謂明雋者卽於明白曉暢中饒有淸空韻致也。倘有腐說，或過用華詞，卽爲不稱。又如深情文字，若弔祭哀誄之類，應以纏綿往復爲主，苟用莊重陳腐語，卽爲不稱。序文之說經考據者固應莊重，而不可出以明雋或輕纖，但筆記，小說，文集詩詞之序，若過於莊重，亦爲不稱。故知名理之文須明雋，碑銘須莊重，哀弔須纏綿，詠懷須宛轉：相體而施，固非一成不變也。

文之含蓄或條暢，亦視題目而異：說理記事固應明白曉暢，若離騷之類卽應有纏綿不盡之意。至於一篇之中，尤貴色澤調勻，前後相稱。如蔡中郎文全用經書，其中若參有一二句王何玄談，或徐庾宮體，立卽雜不成文。又如揚子雲之辭賦，雖造句艱深，而能通篇一律，卽不嫌疵類。夫文因時代而異，亦猶人因面貌而殊。若一時代而有數派文字並存，殆亦承上啓下之津渡而已。如曹魏初年，陳思王與陳羣王朗輩華質不同。陳思殆東漢之殿軍，羣朗則魏晉之先導：其升沉消長之漸，固不可不察也。今日而欲摹擬魏晉，或倣效齊梁，其字句氣味皆不可通假。文之造句本不甚難，所難者惟在字句與本篇意趣之相稱。試觀魏晉之文，每篇皆有言外之意。如孫綽袁宏之碑銘何嘗僅在字句間盡文章之能事？於字裏行間以外固別饒意趣。善學魏晉者，務宜由此入手。東漢之文皆能含蓄。如魯靈光殿賦非純由僻字堆成，且含有淵穆之光。善學東漢之文者亦必獨見及此。蔡中郎文每篇皆有淵穆之光，今日能得其氣厚者已不多見，更何有於淵穆？此事驟看似易，相稱實難，蓋所謂有光者，非一二句爲然，而須通篇一律也。若淺言之，則通篇須用一種筆法。用重筆者全篇須並重，筆姿疏朗者全篇須一致疏朗。然晉宋文字有全用輕筆者，亦有重筆之中用輕筆提起者。如陸士衡文雖用重筆，而能化輕爲重，故尤爲難學。但能得其三昧，卽不至有僧衣百衲之誚矣。淸代各家文集中均難免不稱之弊，如汪容甫之自序及漢上琴臺銘，全篇固甚相稱，餘則一篇之中或學漢魏，或學六朝，或學唐宋以下，斑駁陸離，殊欠調和。降及洪北江王湘綺輩，雖爲一時所宗，而不稱之弊尤多。可知文章求稱之不易矣。今既分家研究，第一，須求文與題稱，應辨說理與抒情之殊；第二，謀篇須稱，不可以數句爲一篇之累。又文之輕重悉在用筆，而與用典無關。俗謂用經說則重，用雜書則輕。然潘安仁夏侯常侍誄，楊仲武誄，用經雖多，而未減其輕。又如謝康樂及陶淵明詩亦頗用經，但一無損於清新，一弗傷於淡雅。兩漢之文幾無一篇不厚重者，但如劉子政輩何嘗不用子史雜書？故善於用筆，則用經典可使輕，用楚辭漢賦可使重，輕重能否銖兩悉稱，惟用筆是賴。然則，筆姿相稱，亦作文第一要務也。

三十三年十月十八日理竟於重慶聚興村寄廬

中華語文叢書
漢魏六朝專家文研究

作　　者／劉師培　講述
主　　編／劉郁君
美術編輯／鍾　玟

出 版 者／中華書局
發 行 人／張敏君
行銷經理／王新君
地　　址／11494 台北市內湖區舊宗路二段181巷8號5樓
客服專線／02-8797-8396　　　傳　　真／02-8797-8909
網　　址／www.chunghwabook.com.tw
匯款帳號／兆豐國際商業銀行　　東內湖分行
　　　　　067-09-036932　中華書局股份有限公司

法律顧問／安侯法律事務所
印刷公司／維中科技有限公司　海瑞印刷品有限公司
出版日期／2017年9月台六版
版本備註／據1982年3月台五版復刻重製
定　　價／NTD 200

國家圖書館出版品預行編目（CIP）資料

漢魏六朝專家文研究 / 劉師培講述.— 台六版.
— 臺北市 : 中華書局, 2017.09
面 ; 公分. —（中華語文叢書）
ISBN 978-986-95252-7-5(平裝)

1.漢代文學 2.六朝文學 3.文集

820.902　　　106013184

NO.H2032
ISBN 978-986-95252-7-5（平裝）